Joko Schwarzstein

Tanana
und das Meer

Illustrationen von Iris Zeh

tredition

© 2024 Joko Schwarzstein
Umschlag, Illustration: Iris Zeh

Druck und Distribution im Auftrag Joko Schwarzstein
tredition GmbH, Heinz-Beusen-Stieg 5, 22926
Ahrensburg, Deutschland

ISBN
Paperback   978-3-384-23026-3

Tanana ist mit ihrer Familie beim Abendbrot. Neben Vater Kobrand sitzt Wattsche und taucht seinen Löffel in die große Schüssel, aus der die Familie eine wunderbar duftende Suppe löffelt. Mutter Rihana hat sie aus Kaninchenfleisch mit vielen Kräutern und Wurzeln gekocht. Wattsche ist ein Waisenjunge, der keine Eltern und kein Zuhause mehr hat. Seit einigen Wochen lebt er bei Tananas Familie. Beim Volk der Grintel bleibt niemanden allein. Tanana freut sich sehr darüber, dass Wattsche immer in ihrer Nähe ist. Sie bewundert ihn und möchte am liebsten den ganzen Tag nur mit ihm spielen.

Plötzlich hebt Vater Kobrand seinen Kopf.

„Mir kommt da gerade eine Idee", fängt er an und kratzt sich den Nacken. „Was haltet ihr davon, wenn wir drei, Tanana, Wattsche und ich, morgen früh zu einer langen Wanderung aufbrechen?"

„Ich will auch mit", ruft Schwester Lily mit kläglicher Stimme.

„Du bist noch zu klein und kannst nicht so lange und so weit laufen". Mutter Rihana streicht ihr übers Haar. „Wir beide besuchen deine Freundinnen Sada und Pingi. Die freuen sich schon darauf, mit dir zu spielen." Mit dieser Aussicht beruhigt sich Lily und nuckelt weiter an einem Kaninchenknochen.

„Wo soll es denn hingehen?", fragt Tanana neugierig.

„Ich würde gerne wieder einmal das Meer sehen", sagt Kobrand und schaut sehnsüchtig nach oben. „Es ist so schön dort. Ich will dir das unbedingt zeigen, Tanana. Und da Wattsche jetzt bei uns ist, kann er natürlich mitkommen. Jeder Grintel sollte unbedingt einmal im Leben das Meer gesehen haben."

Tanana klatscht begeistert in die Hände.

„Ans Meer, ans Meer", ruft sie immer wieder und rutscht aufgeregt auf ihrem Sitz herum. Wattsche strahlt vor Freude. Er kann sein Glück kaum fassen, dass er mitgehen darf.

Am nächsten Morgen machen sich die drei Grintel auf den Weg. Sie haben kräftig gefrühstückt und schreiten munter aus. Jeder trägt seine Schlafdecke auf der Schulter, in großen Fellbeuteln haben sie Proviant dabei. Vater Kobrand hat seine Streitaxt im Gürtel und seinen Wurfspieß in der linken Hand. Ohne diese Waffen verlässt ein Grintel niemals für längere Zeit seine Höhle. Der Spieß dient ihm außerdem als Wanderstab.

Sie wandern den ganzen Tag durch den Wald von Allagad nach Süden.

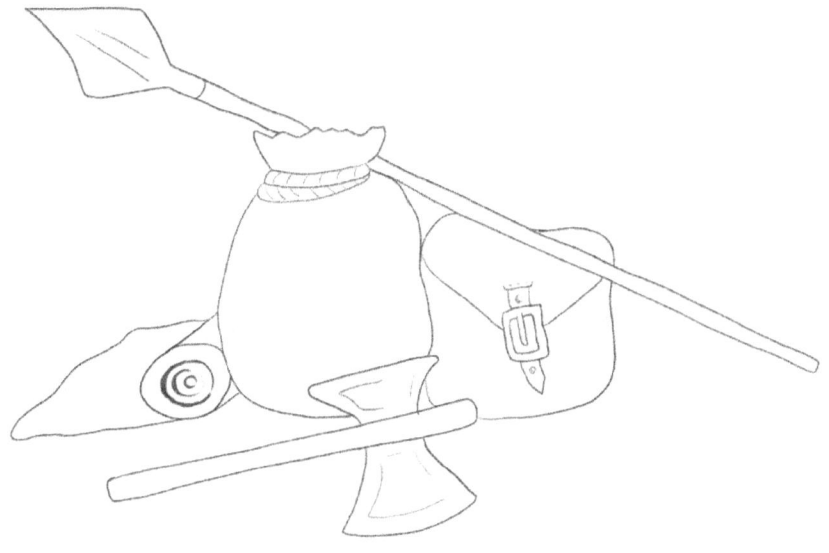

„Wann sind wir denn am Meer?",
fragt Tanana in kurzen Abständen und
bleibt dabei stehen. Sie kann es kaum erwarten.

Der Vater lacht.

„Das dauert noch", antwortet er immer wieder geduldig. „Wenn du ständig
danach fragst, geht es auch nicht schnel-
ler. Einfach weiterlaufen, dann kommen
wir mit jedem Schritt ein bisschen näher", schmunzelt er.

„Ja, aber wie lange noch?", quengelt
Tanana. Kobrand stapft einfach weiter,
Wattsche folgt ihm und Tanana muss
hinterher.

Abends, als die drei Grintel müde um ein Feuer lagern, das Wattsche aus trockenen Ästen entfacht hat, fragt Tanana wieder.

„Wie weit müssen wir noch laufen, bis wir ans Meer kommen?"

„Wir sind ja heute erst ein kleines Stück gegangen", erklärt Vater Kobrand. „Wenn wir so weiterwandern, erreichen wir in vier Tagen den Rand des Waldes von Allagad. Dann beginnt das Küstengebirge. Dort müssen wir kraxeln und klettern, einige Berge überwinden, und wenn wir das geschafft haben, können wir plötzlich von einem hohen Bergrücken aus das weite Meer sehen."

„Darauf freue ich mich schon", murmelt Tanana, der vor Müdigkeit die Augen zufallen. Sie sinkt langsam zur Seite und ist fest eingeschlafen.

Am nächsten Morgen erwacht Vater Kobrand vom Gezwitscher der Vögel. Drosseln und Rotschwänze haben noch im Morgengrau mit ihrem Gesang begonnen. Bald haben die Amseln und Goldammern eingestimmt und mit dem Hellerwerden machen die Meisen in den nahen Büschen den größten Lärm.

Kobrand schaut sich um. Tanana schläft noch. Sie ist unter ihrer Decke kaum zu sehen. Wattsche sitzt bereits und reibt sich den Schlaf aus den Augen. Er erhebt sich und stochert mit einem

Stöckchen in der Asche des erloschenen Lagerfeuers. Tatsächlich findet Wattsche noch ein paar Stückchen Glut, die er auf ein Häufchen zusammenschiebt, darüber ein paar dünne Zweige häuft und kräftig hineinbläst. Nach kurzer Zeit flammt es tatsächlich auf und das Feuer beginnt zu prasseln. Vater Kobrand nickt zufrieden. Er freut sich, dass er mit Wattsche einen Helfer gefunden hat.

Von den Geräuschen erwacht Tanana. Sie schaut sich um.

„Gibt es Frühstück?", fragt sie mit verschlafener Stimme.

„Wir machen nur etwas Tee heiß, alles andere würde zu lange dauern", antwortet Vater Kobrand. Er sieht die Enttäuschung in Tananas Augen. „Wir müssen los. Das Meer wartet auf uns", setzt er hinzu.

Bei diesen Worten springt Tanana sofort auf die Füße. Jetzt kann sie es kaum noch erwarten, die Wanderung fortzusetzen.

Und so ziehen die Grintel den ganzen Tag durch den Wald von Allagad. Und den nächsten Tag, und den nächten. Schließlich gelangen sie an den Fuß zerklüfteter Berge. Sie beginnen mit dem Aufstieg. Es ist steil und anstrengend. Tanana kommt mächtig ins Schwitzen. Vor einer Felswand bleiben sie schließlich stehen und schauen nach oben.

„Wie sollen wir denn da hinauf-kommen?", fragt Tanana zweifelnd und legt den Kopf in den Nacken.

„Klettern", sagt Wattsche und be-ginnt sofort, sich an einem Steinvor-sprung hochzuziehen.

„Moment", ruft Vater Kobrand ihm zu. „Erst müssen wir dich sichern." Er nimmt ein langes Seil von der Schulter und bindet ein Ende um Wattsches Hüf-ten.

„So, das wird halten", sagt er zufrie-den, als er den Knoten geprüft hat. „Jetzt kannst du losklettern. Siehst du den klei-nen Vorsprung dort oben?". Er zeigt auf eine Stelle über ihren Köpfen. „Du kletterst bis dorthin. Dann kommen wir am Seil nach. Und wenn wir bei dir angekommen sind, kannst du weiterklettern und ich sichere dich. So kommen wir nach und nach die Felswand hoch."

Wattsche nickt und beginnt mit dem Aufstieg. Tanana schaut ihm bewundernd zu, wie er sich geschickt nach oben schiebt. Als er den Vorsprung erreicht hat, folgt sie ihm. Sie zieht sich am Seil nach oben und erreicht Wattsche. Dann folgt Kobrand. Als er bei ihnen ist, verschnaufen die Grintel, bevor Wattsche weiterklettert. So erreichen die Grintel den Grat. Wattsche ist zuerst oben, richtet sich auf und erstarrt. Sein Blick geht in die Ferne und sein Mund öffnet sich vor Staunen. Tanana zieht sich neben ihm empor, richtet sich auf, und auch sie erstarrt. Beide stehen nebeneinander und schauen in die Ferne.

„Ist das schön", ruft Tanana und ergreift Wattsches Hand. Vor ihnen, zu ihren Füßen liegt das weite Meer. Es glitzert in der Sonne und scheint kein Ende zu nehmen. Ganz weit draußen vereint es sich mit dem Himmel. Tanana und Wattsche machen ein paar Schritte nach vorn an den Rand der zum Meer abfallenden Klippen. Unter sich sehen sie die Wogen an den Strand rollen. Das Wasser ist blau mit einem leicht grünlichen Schimmer. Vereinzelt tanzen weiße Schaumkronen auf den Wellen.

Die Luft ist erfüllt vom Rauschen des Windes und der anbrandenden Wellen. Die Wellen rollen an den Strand und vergehen im Sand.

„Das Meer atmet", sagt Tanana andächtig.

„Es ist so unendlich weit", ergänzt Wattsche. Er saugt die Luft ein. „Und es riecht so würzig. Irgendwie prickelt die Luft auf der Haut."

Inzwischen ist Vater Kobrand neben sie getreten.

„Das kommt vom Salz, dass hier überall in der Luft liegt", erklärt er, verschränkt seine Arme vor der Brust und blickt ebenfalls in die Ferne.

Die drei Grintel stehen lange im Wind und schauen in die funkelnde Weite. Schließlich rafft sich Kobrand auf.

„Lasst uns nach unten steigen", sagt er und beginnt den Abstieg. Schnell hat er eine günstige Stelle gefunden, und bald stehen die Grintel am Fuße der Steilküste, laufen durch ein paar Dünen, die mit hohem Gras bewachsen sind, stapfen durch den Sand und stehen plötzlich mit den Füßen im Wasser. Die Wellen umspülen ihre Beine. Tanana quietscht vergnügt, wenn das Wasser von Zeit zu Zeit an ihren Beinen hochspritzt. Sie patscht durch den nassen

Sand. Dann taucht sie ihre Hand ein, schöpft etwas von dem Wasser, um es zu trinken.

„Pfui", kreischt sie auf. „Das ist ja salzig, pfui, pfui." Sie spukt das Wasser wieder aus und verzieht ihr Gesicht. Vater Kobrand lacht.

„Meerwasser kann man nicht trinken", sagt er. „Nur das Wasser in den Bächen und Flüssen in unseren Wäldern, können wir trinken. Vom Meerwasser würden wir krank werden. Das Meer sieht schön aus, aber das Wasser ist ungenießbar. Und das Meer ist gefährlich", setzt er warnend hinzu.

„Wieso ist das Meer gefährlich?",
zweifelt Wattsche. „Es sieht doch so
schön und friedlich aus".

„Warte nur, bis der Wind stärker
wird", sagt Vater Kobrand. „Lasst uns
jetzt erst einmal einen Lagerplatz in den
Dünen suchen. Danach gehen wir
schwimmen."

„Oh ja", Tanana kann sich vor Be-
geisterung nicht zügeln. Sie rennt paral-
lel zum Strand und springt über die an-
rollenden Wellen. Dann biegt sie ab,
läuft den Sandhügel hoch und ver-
schwindet im wogenden Gras der Dünen. Wattsche und Vater Kobrand folgen ihr.

In einer windgeschützten Mulde richten die Grintel ihr Lager ein. Sie packen alles aus, was sie mitgebracht haben, denn sie wollen ein paar Tage hierbleiben. Vater Kobrand hat Proviant dabei und einen großen Ledersack mit frischem Wasser.

Nach einer kleinen Stärkung rennen die beiden Kinder zum Wasser. Wattsche ist als Erster da und stürzt sich jauchzend in die Wellen. Er springt und taucht durch jeden Wellenberg. Tanana zögert ein bisschen. Die heranbrandenden Wellen flößen ihr Respekt ein. Dann nimmt sie ihren Mut zusammen und hechtet Wattsche hinterher. Wie herrlich das ist. Nach einer Weile kommt auch

Vater Kobrand ins Wasser und die Grintel vergnügen sich gemeinsam in den Wellen. Rufe und Gelächter erfüllen die Luft und übertönen die Geräusche des Windes und der Wellen.

So verrinnt der Nachmittag. Als die Grintel schließlich wieder zu ihrem Lagerplatz kommen, sind sie erschöpft.

„Ausruhen können wir uns jetzt noch nicht. Schaut euch den Himmel an", sagt Vater Kobrand, runzelt seine Stirn und zeigt zum Horizont. Und tatsächlich, über dem Meer brauen sich dunkle Wolken zusammen.

„Das sieht nach einem kräftigen Gewitter aus", sagt er. „Wir sollten schnell aus den Decken einen Unterschlupf bauen. Wattsche, suche dort drüben an der Steilküste ein paar Stöcke, die wir als Stützen verwenden können."

Wattsche spurtet los und bringt nach wenigen Minuten ein Bündel kräftiger und einigermaßen gerader Äste. Es ist leicht, sie in den lockeren Boden zu stecken. Dann befestigt Vater Kobrand die Decken so daran, dass ein kleiner Unterschlupf entsteht. Tanana häuft Sand und kleine Steine an den Rändern hoch.

Inzwischen ist der Wind stärker geworden. Die Grintel schlüpfen in ihre Behausung und kuscheln sich eng aneinander. Tanana hat ein bisschen Angst vor dem heulenden Sturm. Sie rückt enger an Wattsche heran und kann das Salz auf seiner Haut riechen. Sie fühlt sich sehr wohl in seiner Nähe. Langsam und vorsichtig tastet ihre Hand nach seinem Arm. Er zuckt leicht zusammen, als er es bemerkt, aber dann legt er seine Hand in ihre. Die beiden Kinder schlafen ein.

Vater Kobrand liegt am Eingang und hält die Stricke und Decken fest, als die Windstöße heftiger werden. Der Sturm tobt. Und dann, nach einem mächtigen Blitz und krachendem Donner strömt der Regen herab. An Schlaf ist für Vater Kobrand nicht zu denken. Er sichert den Unterschlupf, so dass die

beiden Kinder gefahrlos und im Trockenen schlafen können.

Mit den ersten Sonnenstrahlen erwacht Wattsche. Er erhebt sich. Durch
die Bewegung wird auch Tanana wach.
Sie krabbelt hinter ihm ins Freie und
richtet sich auf. Was für ein herrlicher
Anblick. Die Luft ist wie frisch gewa-
schen. Der Himmel strahlt in einem un-
endlichen Blau.

Tanana atmet die salzige Luft und
streckt sich. Da hört sie Gekreische. Sind
das Krähen? Nein, Krähen klingen an-
ders. Solche Schreie hat sie noch nicht
gehört. Sie klettert auf eine der Dünen
und schaut sich um. Und da sieht sie es.
Über dem Wasser fliegen große weiße

Vögel in kühnen Kurven. Dann scheinen sie in der Luft zu stehen, flattern kurz auf der Stelle und stürzen sich kopfüber in die Wellen. Nach kurzer Zeit tauchen sie wieder auf, mit kleinen Fischen in den Schnäbeln. Schon versuchen ihre Nachbarn, ihnen die Fische streitig zu machen. Schnell schlingen sie sie hinunter. Tanana hört das ohrenbetäubende Kreischen und Zetern der großen Vögel.

„Das sind Möwen", sagt Vater Kobrand, der neben ihr auf die Düne gestiegen ist. „Sie laben sich an den Fischen, die sich nach dem Sturm in der Nähe des Strands tummeln. Wir sollten sehen, dass wir auch ein paar abbekommen." Mit diesen Worten steigt er schnell wieder herab und holt eine Angelschnur aus seiner Umhängetasche. Er winkt den Kindern, ihm zu folgen, und geht schnurstracks zum Strand. Dort wirft er seine Angel aus und hat tatsächlich nach wenigen Minuten einen schönen Fisch am Haken.

Inzwischen ist Tanana an den Strand gelaufen. Was da alles liegt? Große Girlanden aus Tang und Teilen von abgerissenen Wasserpflanzen liegen auf dem Sand. Dazwischen findet sie kleine Steine und Unmengen von Muscheln. Tanana bückt sich und sucht sich die schönsten aus. Als sie eine der größeren Muscheln an ihr Ohr hält, kann sie darin ganz deutlich das Meer rauschen hören.

„Hör mal Wattsche", ruft sie voller Staunen und hält ihm die Muschel ans Ohr. „Die werde ich mit nach Hause nehmen, dann ist das Meer immer bei mir", sagt sie und steckt die Muschel in ihre Tasche. „Jetzt suche ich noch eine für meine Freundin Ono." Und schon greift sie nach der nächsten. „Und hier noch eine für meine Schwester Lily, und eine für Mutter Rihana."

Während Tanana mit Steinchen und Muscheln beschäftigt ist, hilft Wattsche Vater Kobrand beim Bergen der Fische.

„Da haben wir mehr als genug für eine Mahlzeit", stellt er fest. Dann nimmt er einen kleinen Fisch und wirft ihn in die Luft. Mit einem lauten Kreischen stürzen sich gleich drei Möwen auf den Happen. Eine erwischt den Fisch und versucht, in die Höhe zu entkommen, aber die anderen beiden fliegen ihr nach. Schnell folgen ihnen weitere und das Gekreisch wird ohrenbetäubend.

Als Wattsche zu Vater Kobrand schaut, bemerkt er, dass dieser mit starrem Blick in die Ferne blickt. Dort sieht er am Horizont einen Gegenstand auf dem Wasser. Er ist weit entfernt, dort wo Himmel und Wasser zusammenstoßen. Also muss er sehr groß sein, dass man

ihn aus dieser Entfernung noch gut er-
kennen kann.

„Was ist das?", will Wattsche wissen.

„Das ist ein Schiff", antwortet Vater
Kobrand. „Die Menschen bauen große
Schiffe und fahren damit übers Meer",
setzt er hinzu.

„Da würde ich gern mitfahren",
sagt Wattsche sehnsüchtig. „Dann
könnte ich sehen, was hinter dem Horizont kommt."

„Daraus wird wohl nichts werden",
sagt Vater Kobrand. „Wir Grintel können solche Schiffe nicht bauen. Für

unsere Bäche und Flüsse wären sie auch viel zu groß."

„Dann bauen wir sie eben kleiner", mischt sich Tanana in das Gespräch ein. „Schließlich sind wir Grintel ja viel kleiner als die Menschen."

„Oder wir gehen zu den Menschen und fragen sie, ob sie uns mitnehmen", schlägt Wattsche vor.

Vater Kobrand lacht. „Es ist besser, wenn die Menschen nichts von uns Grintel wissen. Das werdet ihr bald verstehen. So, jetzt lasst uns die Fische braten. Ich habe schon einen mächtigen Hunger."

Mit diesen Worten stapft Vater Kobrand zum Lagerplatz und beginnt, die Fische abzuschuppen und auszunehmen. Tanana hilft ihm dabei, während Wattsche ein kleines Feuer entfacht. Dann stecken die Grintel Stücke von den Fischen auf kleine Stöcke, setzen sich ums Feuer und halten sie kurz über die Flammen. Nach kurzer Zeit ist das Fleisch gar und das Schmausen beginnt.

„Heute werden wir noch hierbleiben, am Strand spielen, Muscheln und Steine suchen und schwimmen. Morgen früh brechen wir auf nach Hause", sagt Vater Kobrand zwischen zwei Bissen.

„Ooooch", mault Tanana. Ihr gefällt es so gut am Meer, dass sie am liebsten für immer hierbleiben würde.

„Dann kannst du Lily und Ono die Muscheln geben und ihnen vom Meer erzählen", sagt Wattsche und schaut Tanana lächelnd an. „Ich freue mich schon darauf, wieder mit dir durch den Wald zu streifen."

„Darauf freue ich mich auch", antwortet Tanana und schaut ihm in die Augen. „Wir sind jetzt Freunde", sagt sie und denkt dabei an seine kräftige Hand, mit der er ihre die ganze Nacht gehalten hat. Die beiden legen lange ihre Köpfe aneinander.

Geschichten über Tanana

Bisher erschienen:

Tanana und der Wolf

Tanana und der Weihnachtsbaum

Tanana und die Rehe

Tanana und das Meer

In Vorbereitung:

Tanana und die Kräuterfrau (2025)

Tanana und Wattsche (2025)

Tanana und der Wolf

...

Die beiden Grintelmädchen sind jetzt allein in der Höhle. Lily liegt in der hintersten Ecke auf weichen Moospolstern und nuckelt zufrieden vor sich hin. Tanana setzt sich zu ihr und streichelt ihr über ihr struppiges Haar.

...

Dann geht sie leise wieder zum Tisch und nimmt ein paar bunte Steine aus einer kleinen Schachtel. Sie legt sie übereinander und versucht, einen Turm zu bauen. Alles ist friedlich.

Draußen im Wald ist es dunkel geworden. Da nähert sich eine dunkle Gestalt, schnüffelt über die Lichtung, nimmt die Witterung der Grintel auf und schleicht zu der Stelle, an der der Höhleneingang verborgen liegt. Es ist ein großer, hungriger Wolf. Suchend kommt er immer näher, und schließlich findet er den Eingang zur Grintelhöhle.

Drinnen sind Tanana und Lily in ihr Spiel vertieft. Plötzlich gibt es einen lauten Knall und der Höhleneingang verdunkelt sich. Tanana lässt vor Schreck die Steine aus der Hand fallen und schaut zum Eingang. Dort sieht sie den großen schwarzen Wolf in die Höhle kriechen. Er richtet sich auf, schüttelt sich und blickt böse umher.

Joko Schwarzstein ist es gelungen, eine besondere Beziehung zu den Grintel von Allagad aufzubauen. Sie gewährten ihm, wie keinem anderen Menschen, Einblicke in ihr Leben und in ihre Gemeinschaft. Dieses Wissen versetzt ihn in die Lage, für uns die *Grintel Saga* und die Geschichten über *Tanana, das Grintemädchen,* aufzuschreiben.

Wenn er nicht schreibt, ist Joko Schwarzstein als Zeitreisender unterwegs und erlebt über die Jahrhunderte und in vielen verschiedenen Welten spannende Abenteuer. Manche sagen, er könne ein bisschen zaubern – er selbst bestreitet das. Nach eigener Aussage wurde er als Kind armer Eltern im Mittelalter geboren. Durch dramatische Ereignisse entdeckte er seine magische Fähigkeit des Zeitreisens. Bisher hat ihn noch niemand persönlich zu Gesicht bekommen.

E-Mail: schwarzstein@grintel.club

Zeitfracht Medien GmbH
Ferdinand-Jühlke-Straße 7
99095 Erfurt, Deutschland
produktsicherheit@kolibri360.de